京权图字：01-2018-3731

图书在版编目 (CIP) 数据

那里面是什么？／（美）罗比·H.哈里斯（Robie H. Harris）著；（美）纳丁妮·伯纳德·威斯克特（Nadine Bernard Westcott）绘；胡萍，王银平译. —— 北京：外语教学与研究出版社，2018.6（2021.4 重印）
（聪明豆绘本. 生命教育系列. 我的身体密码）
ISBN 978-7-5213-0131-1

Ⅰ. ①那… Ⅱ. ①罗… ②纳… ③胡… ④王… Ⅲ. ①儿童故事－图画故事－美国－现代 Ⅳ. ①I712.85

中国版本图书馆 CIP 数据核字 (2018) 第 140700 号

出 版 人　徐建忠
策划编辑　向恬田　于国辉
责任编辑　汪珂欣
责任校对　刘毕燕
封面设计　许　岚
出版发行　外语教学与研究出版社
社　　址　北京市西三环北路 19 号（100089）
网　　址　http://www.fltrp.com
印　　刷　北京捷迅佳彩印刷有限公司
开　　本　889×1020　1/16
印　　张　2.5
版　　次　2018 年 8 月第 1 版 2021 年 4 月第 2 次印刷
书　　号　ISBN 978-7-5213-0131-1
定　　价　34.80 元

购书咨询：（010）88819926　电子邮箱：club@fltrp.com
外研书店：https://waiyants.tmall.com
凡印刷、装订质量问题，请联系我社印制部
联系电话：（010）61207896　电子邮箱：zhijian@fltrp.com
凡侵权、盗版书籍线索，请联系我社法律事务部
举报电话：（010）88817519　电子邮箱：banquan@fltrp.com
物料号：301310001

记载人类文明
沟通世界文化
www.fltrp.com

那里面是什么?

[美] 罗比·H.哈里斯 著

[美] 纳丁妮·伯纳德·威斯克特 绘

胡萍 王银平 译

外语教学与研究出版社

北京

在每一个城市、小镇和村庄，每天，每分钟，都会有新的小宝宝孕育。

嗨，内莉！那里面是什么？

3

女人的身体里有一个特殊的地方，叫子宫，小宝宝就在那里成长。那里也是你出生前生长的地方。子宫是每个人出生前生长的地方。

不，格斯！她不是长在她妈妈的胃里，而是长在她妈妈的子宫里。

索菲娅的小妹妹长在她妈妈的胃里吗？

女孩和女人都有子宫。子宫长在女孩和女人的肚子里，它非常柔软，很有弹性。男孩和男人没有子宫。

5

所有小宝宝的生命都是从一个小小的细胞开始的。组成这个细胞的物质一部分来自女人，另一部分来自男人。这两个部分结合在一起才能形成小宝宝。

当一个小宝宝在子宫里形成时，仅仅几天时间他就会长成一个细胞球。这个细胞球非常非常小，就像用铅笔点的一个点。

没过多久，小宝宝就长到一粒苹果籽那么大了。他的骨头开始生长，心脏开始跳动。

在整个成长过程中，子宫里的小宝宝都在温暖的羊水里。羊水可以让小宝宝保持温暖，还可以保护小宝宝的安全，以免被撞到。

小宝宝继续长大。不久，他就有一颗桃子那么大了。

现在，他有了眼睛、耳朵、嘴唇、胳膊、手指、腿、脚趾，还有鼻子！他的骨头和肌肉在继续生长。

你能相信以前我们都这么小吗？而现在我们都长这么大了！

以后，我们还会继续长大、长大、长大！

现在，小宝宝有了一个特殊的器官，可以区分他是女孩还是男孩。女孩会有一个生宝宝的地方，男孩会有一个小鸡鸡。
他的全身覆盖着柔软的绒毛，开始长手指甲和脚指甲。

13

小宝宝在妈妈的子宫里时，食物、水和空气会不断地进入妈妈的身体里。食物进到妈妈的胃里后被分解得非常、非常细小。

小宝宝在里面努力生长的时候，一定会非常饿的。

你真的认为小宝宝会在里面吃东西、喝东西吗？

然后，那些细小的营养物质会通过脐带进入小宝宝的身体里，让他健康成长，并变得强壮。

嘴巴

请自取

胃

子宫

脐带

正在长大的小宝宝

15

　　不久，小宝宝就差不多像一个小南瓜那样大啦。现在他能听到声音了，比如门铃的"叮咚"声，或者人们"啦——啦——啦"的唱歌声，他都能听到。他还能发出声音，甚至会打嗝儿。

　　他能看见光了，还能踢腿、打拳和翻跟头。

现在，他长出了眉毛、睫毛和头发。他的眼睛能够睁开、闭上。他会吸吮自己的手指头，也会睡觉了。

19

为了给小宝宝更多空间，妈妈的子宫会变大，肚子上的皮肤会被拉伸，就像气球被吹大的样子。

有时，小宝宝会喝羊水，解一点小便。大多数小宝宝不会在子宫里解大便。

我想知道小宝宝会在里面尿尿吗？

噢，讨厌！我猜他一定会尿的……

经过很长一段时间，大约九个月，小宝宝就差不多像一个西瓜那样大了。

　　现在，他的胃、大脑、心脏以及身体的其他部分都发育得非常非常好。他足够大、足够强壮，准备出生了。

格斯

23

当小宝宝即将出生时，妈妈子宫的肌肉会收缩并把他推出子宫。

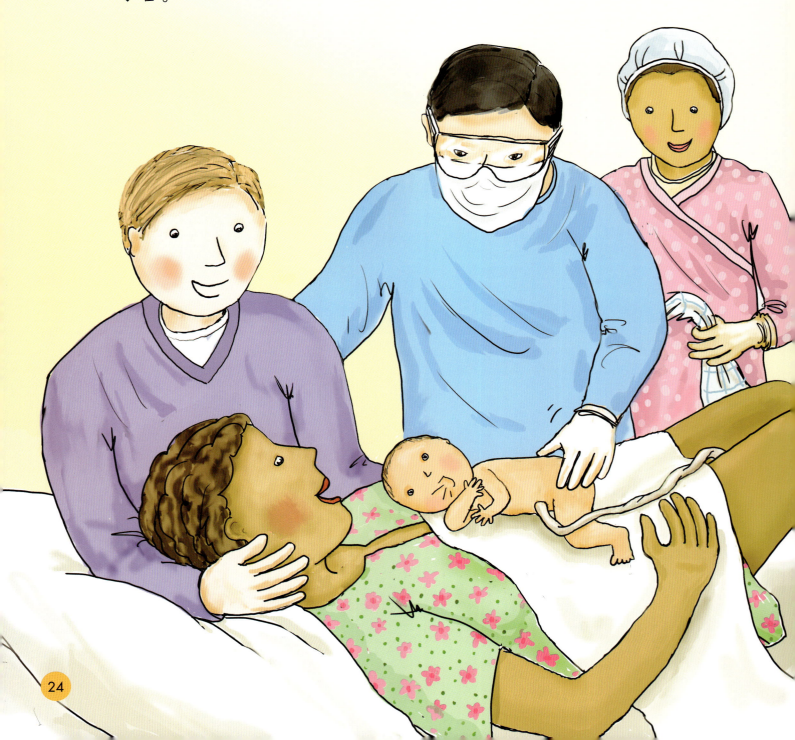

很快，小宝宝就从妈妈两腿之间生宝宝的地方出来啦，因此，我们把生小宝宝的地方称为生命通道。小宝宝出生啦！很多小宝宝在出生时会发出哭声。

有时，医生会通过剖腹产的方式把小宝宝从子宫里取出来。然后，医生会用一种特殊的线把伤口缝合起来。剖腹产和缝合伤口不会伤害到妈妈和小宝宝。

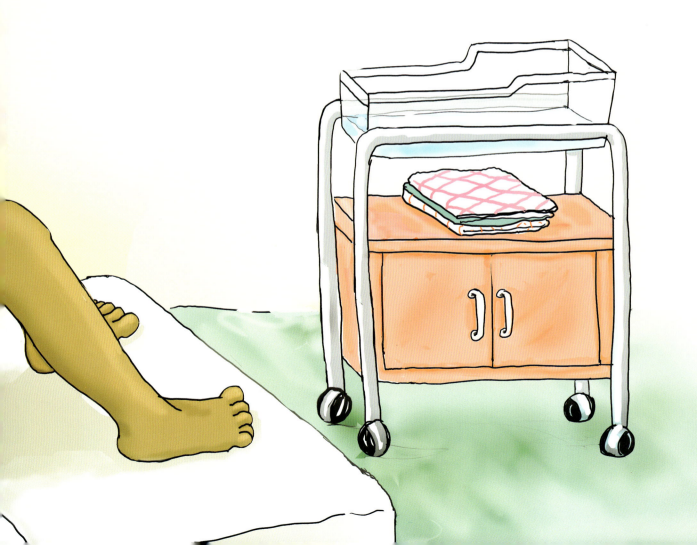

小宝宝出生后，医生或护士会把脐带剪断。剪断脐带不会伤害到小宝宝和妈妈。

　　小宝宝在妈妈肚子里时，就是通过长在肚脐上的脐带和妈妈相连的。

　　医生或护士把小宝宝的身体擦干净，给他穿好衣服、戴好帽子、垫好尿布，并裹上柔软的毯子。

刚出生的小宝宝可以做很多事情。他能看见东西、吮吸、
打哈欠、打嗝、吵闹、大哭和睡觉。

抱一抱，亲一亲，甚至只是看着一个刚出生的小宝宝，都会
感觉很棒！和小宝宝说悄悄话，给他唱支歌，感觉也很棒！
对一个刚出生的小宝宝说"我爱你！"同样感觉棒极啦！

有时候，会有两个或多个小宝宝同时出生。同时出生的两个小宝宝叫双胞胎。有些双胞胎两个都是女孩，有些双胞胎两个都是男孩，有些双胞胎是一男一女。

三个小宝宝同时出生叫三胞胎。有时候，会有四个、五个甚至六个小宝宝同时出生，但这种情况很少见。

但是，
所有的沙鼠宝宝
加起来也没有我们的杰克大！

有的家庭自己生小宝宝，有的家庭从别处领养小宝宝。小宝宝出生的那天是小宝宝的生日。每个人的生日都是非常特殊的日子。

　　每个人都曾经是小宝宝，你也一样！

33